中国娃 童唱经典

最美童谣

ZUI MEI TONGYAO

若晴文化 编著
杨莹莹 张新民 绘

北京出版集团公司
北 京 出 版 社

图书在版编目（CIP）数据

最美童谣 / 若晴文化编著 ； 杨莹莹，张新民绘． —
北京 ： 北京出版社，2019.12
（中国娃 童唱经典）
ISBN 978-7-200-14848-0

Ⅰ．①最… Ⅱ．①若… ②杨… ③张… Ⅲ．①儿歌—
作品集—中国 Ⅳ．①I211

中国版本图书馆CIP数据核字（2019）第066087号

中国娃 童唱经典
最美童谣
ZUI MEI TONGYAO
若晴文化 编著
杨莹莹 张新民 绘
*
北京出版集团公司 出版
北京出版社
（北京北三环中路6号）
邮政编码：100120
网址：www.bph.com.cn
北京出版集团公司总发行
新华书店经销
朗翔印刷（天津）有限公司印刷
*
787毫米×1092毫米 12开本 7.5印张 60千字
2019年12月第1版 2019年12月第1次印刷
ISBN 978-7-200-14848-0
定价：29.80元

序言

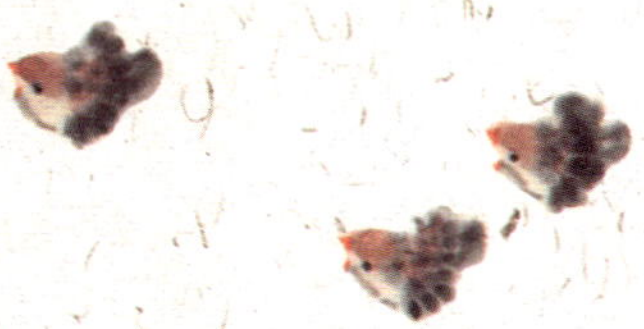

我与杨莹莹老师相识多年，这套“中国娃·童唱经典”系列是她的新作品。多年来，她一直致力于让更多人了解和喜爱中国传统文化，期望以中国画的笔墨和民间艺术造型结合的形式来表现中国传统文化。用传统文化为下一代打牢人生的底色，让中国精神、中国文化元素融入下一代成长的血脉，是杨莹莹老师多年的心愿，也是许多关心下一代的艺术教育工作者的追求。因此，当接到为这套书写序的邀请时，我欣然接受了。

杨莹莹老师很喜欢孩子，认为儿童的形象最能反映出人类自身最本原的美。故此，她选择了人见人爱的儿童作为主题，创作出融合了儿童画、剪纸以及国画大写意的作品“中国娃”系列。作为“中国娃”主题形象的首创者，杨莹莹老师以娃娃为媒介，用手中的画笔表现儿童，赞美儿童，表达真善美。

她的一幅幅中国娃娃笔墨画具有浓厚的中国民间特色，这些中国娃娃憨态可掬。很多人都说，看到这些中国娃娃，很容易联想起自己的童年，会感到很快乐。虽然这些中国娃娃表情各异，但有一点却是共通的——跃然纸上的童真童趣。

“中国娃主题国画”系列发展到现在已有十几年了。十几年来它走进社会，走进校园，走向世界，得到了国内和世界各地朋友的好评与喜欢，并成为人们互相传递祝福的文化佳品，成为许多中外朋友友谊交流的见证。

国画是中国流传了几千年的优秀文化，应该探索在孩子们心中扎根的好形式。中国传统文化博大精深，只有让孩子了解并掌握中国传统文化的基本知识，他们才能具备继承和传承中华民族优秀传统文化的能力。另外，学习和掌握传统文化中的思想精华，对树立正确的世界观、人生观、价值观很有益处。让孩子从小开始学习中国的传统文化，会潜移默化地影响孩子的行为习惯和品德。

受电子产品影响，现在孩子的生活被网络和碎片化信息占据较多，对中国传统文化却知之甚少。因此，让孩子了解并掌握中国传统文化，成为中国传统文化的传承者，是我们这一代人的责任。

俗话说得好，“书读百遍，其义自见”。虽然孩子刚学习时可能什么都不明白，不理解这些语句的意思，但是通过家长以及老师的讲解，孩子们不断地诵读，久而久之便会影响到自身的言行举止和品德。

李国强　中国关心下一代工作委员会公益文化中心主任

目录

咕噜咕噜锤 06
新年到 08
墙上挂面鼓 10
拉大锯 12
春天到 14
月亮圆圆 16
大鲤鱼 18
搬米 20
天上一颗星儿 22
鱼儿游 24
摇呀摇 26
小巴狗 28
风来了 30
九九歌 32
小小孩儿会唱歌 34
小蝴蝶 36
小姑娘 38
一个毽儿 40
种莲子 42
虫虫飞 44
小鸭子 46

中国娃 童唱经典

梦 48

蝴蝶儿 50

数蛤蟆 52

落叶 54

咩咩羊 56

五月五 58

小板凳 60

高高山上一头牛 62

老鼠娶亲 64

公鸡 66

雪娃娃 68

小耗子 70

娃娃睡 72

三个和尚 74

不倒翁 76

小白兔 78

十二月花 80

小蝌蚪 82

五指歌 84

咕噜咕噜锤

咕噜咕噜锤，

咕噜咕噜叉，

咕噜咕噜一个，

咕噜咕噜仨。

三变五，

五变八，

大家一起笑哈哈。

趣话童谣

这首富有趣味的游戏童谣，因以“咕噜咕噜锤”开始而得名。玩的时候，需要两个人同时念歌谣，然后，两只手握拳，平放于胸前，拳头相绕着转动。歌谣念完后，双方出拳，按照“石头剪子布”的规则，判定输赢。这样不仅能促进孩子的身体协调发展，还能锻炼语言能力和反应能力。

新年到

新年到，放鞭炮，
噼噼啪啪真热闹。
耍龙灯，踩高跷，
包饺子，蒸年糕，
奶奶笑得直揉眼，
爷爷乐得胡子翘。

趣话童谣

新年在中国也被称为“春节”，是个热闹又祥和的节日。节日期间，人们家家户户都要团圆，在一起吃年糕、水饺以及各种丰盛的饭菜，还会穿新衣、放鞭炮、贴春联，亲朋好友之间还要互相走访拜年，来表达对彼此的祝福，以及对新一年生活的美好向往。

墙上挂面鼓

墙上挂面鼓，
鼓上画上虎，
老虎抓破鼓，
拿块布来补。
不知是布补鼓，
还是布补虎？

趣话童谣

这是一首绕口令式的经典童谣。绕口令是训练孩子语言能力的好方法，对于正处在语言发展敏感期的孩子来说，不仅可以锻炼孩子的唇、齿、舌，还能提高孩子的记忆力和反应力。

拉大锯

拉大锯，扯大锯，
姥姥家唱大戏，
接闺女，请女婿，
小外孙子也要去，
今儿搭棚，明儿挂彩，
羊肉包子往上摆，
不吃不吃吃二百。

趣话童谣

这是一首广为传唱的童谣，每个地方的唱法略有不同。唱这首童谣时需要两个人手拉着手，像是在模仿拉大锯的情景，孩子被爸爸妈妈牵着手唱这首童谣，会感到非常快乐。因此，这首童谣也伴随了几代人的成长。

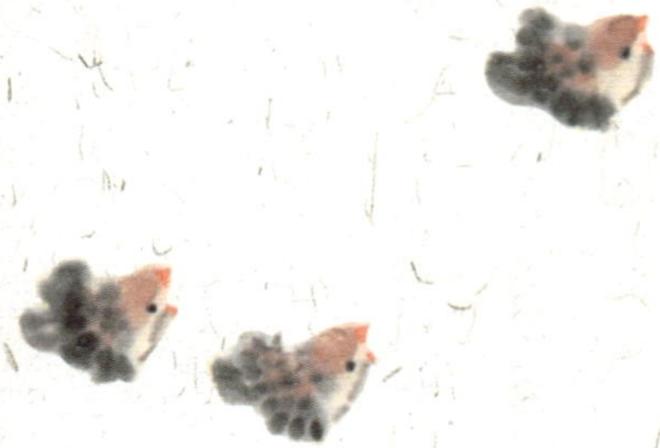

春天到

春天到，
春天到，
枝头花儿香，
梁上燕子闹，
遍地长绿草，
牛羊乐陶陶。

趣话童谣

春天是一个万物复苏的季节，虫儿、鸟儿、花儿、草儿都争相来报到，这恰是带着孩子出门踏青的好时节。游玩时，吟上一首童谣，生动活泼的童谣语言可以引起孩子的美感、愉悦感，激发他们学习语言的积极性。

月亮圆圆

月亮圆圆，像个盘盘，
我要上去，拿你玩玩。
星星晶晶，好像明灯，
我要上去，拿你照明。
天河长长，好像长江，
我要上去，坐船逛逛。

趣话童谣

月亮在中国又被称为太阴、玄兔、婵娟、玉盘。中华民族历来对月亮有着特殊的感情，因此月亮也常常被诗人写进诗句里用来寄托各种情感。关于月亮的神话故事有很多，经常被人们传诵的有：嫦娥奔月、吴刚伐桂、玉兔捣药等。

大鲤鱼

大鲤鱼，

跳船板，

一身鳞儿金闪闪，

弟弟抱着下了船，

尾巴一撅棱，

摔个脸朝天。

趣话童谣

鲤鱼在中国是被广泛流传的吉祥物。“鲤鱼跃龙门”的传说是人们望子成龙的一种美好寄托。在民间的剪纸窗花、建筑雕塑、织物绣花中都能见到鲤鱼的影子，人们用“连年有余”“吉庆有余”“娃娃抱鱼”“富贵有余”等字眼来表达对美好生活的向往。

搬米

一只蚂蚁来搬米，
搬来搬去搬不起。
两只蚂蚁来搬米，
身体晃来又晃去。
三只蚂蚁来搬米，
轻轻抬着进洞里。

趣话童谣

小小童谣也蕴含着大道理呢，从《搬米》这首童谣中可以看出个人的力量是渺小的，集体的力量是巨大的，齐心协力才能更好地寻求解决问题的办法，让孩子从小明白这个道理：遇事不能一意孤行，应懂得利用集体的智慧来解决问题。

天上一颗星儿

天上一颗星儿，
地上一个坑儿，
坑里有个盆，
盆里有个瓶。
盆碰瓶，
瓶碰盆，
也不知道到底是盆碰了瓶，
还是瓶碰了盆。

趣话童谣

在宇宙中有无数颗大小不一的星星，我们居住的地球就是其中的一颗。你知道吗？真实的星星并非像我们画的那样四角或五角，而是接近球形的椭圆形，也有些星星是卵形、棒形或者其他形状的。在地球上看到的最亮的一颗行星是金星。这篇童谣还是一首好玩儿的绕口令。

鱼儿游

一条鱼儿水里游，
孤孤单单在发愁。
两条鱼儿水里游，
摇摇尾巴碰碰头。
三条鱼儿水里游，
大家一起做朋友。

趣话童谣

童谣是孩子最早学习母语、亲近母语的范本，也是孩子学习生活、认识社会最好的途径。通过《鱼儿游》这首童谣让孩子认识什么是孤单，什么是友情。正因为童谣语言浅显易懂，夸张、有趣又好玩，孩子们才会喜欢。

摇呀摇

摇呀摇，摇呀摇，
摇到外婆桥，
外婆买条鱼烧烧，
头不熟，尾巴焦，
盛到碗里毕剥跳。
白米饭，鱼汤浇，
吃了宝宝又来摇。
摇呀摇，摇呀摇，
摇到外婆桥，
外婆叫我好宝宝，
糖一包，果一包，
还有团子还有糕。

趣话童谣

妈妈的妈妈就是外婆。在我国不同的地方有不同的方言，对外婆的称呼也不尽相同。北方多叫“姥姥”，南方多叫“婆婆”“阿嬷”等。孩子似乎总跟外婆格外亲，有关外婆的文学、艺术创作也很多，如大家熟悉的歌曲《外婆的澎湖湾》《外婆》。

小巴狗

小巴狗，真奇怪，
反穿皮袄毛朝外；
龇着牙，咧着嘴，
一条尾巴四条腿。

趣话童谣

简单的几句话，就把一只小巴狗的样子描述得活灵活现，这大概就是童谣的魅力吧。大多数童谣都是儿童短诗，强调韵律和韵脚，读起来朗朗上口。多多诵读对孩子的文学启蒙大有裨益。

风来了

风来了，雨来了，

蛤蟆背着鼓来了。

什么鼓？花花鼓，

乒乓乒乓二百五。

趣话童谣

蟾蜍还有一个名字叫“蛤蟆”，蛤蟆主要生活在田间，它们捕捉害虫保护庄稼，是人类的好朋友。在夏季，每当下过雨，田间和池塘里的蛤蟆就会特别兴奋，它们“呱呱呱”的叫声此起彼伏，仿佛是在开一场热闹的“音乐会”。

九九歌

一九二九不出手，
三九四九冰上走，
五九六九沿河看柳，
七九河开，八九雁来，
九九加一九，
耕牛遍地走。

趣话童谣

《九九歌》在全国各地唱法有很多种，这里主要是采用的北方唱法。《九九歌》是中国的广大人民世世代代在劳动、生活实践中通过对自然界的观察和感受总结出来的。很多童谣都深深体现了人们的生活印记。

小小孩儿会唱歌

小小鸟儿飞上天，
小小鱼儿游江河，
小小斧头劈大树，
小小孩儿会唱歌。

趣话童谣

童谣中常常有关于鱼虫鸟兽、花草树木的元素。在孩子认知启蒙阶段，诵读这类童谣可以提高孩子对自然、对生活的感受力。《小小孩儿会唱歌》不仅能让孩子联想到自身，还能建立自我认知和树立自信心。

小蝴蝶

小蝴蝶，
穿花衣，

飞到西，
鸡吃你，
飞到东，
猫抓你，
飞到我的手心儿里，
说说话，
放了你。

趣话童谣

童谣是儿童最早接触的文字样式之一，优秀的童谣是母亲给孩子的心灵滋养和抚慰。童谣的内容，特别重视孩子的情感和趣味，能够陶冶孩子的性情，改变孩子的气质，使他们养成活泼、爽朗、天真的性格。

小姑娘

小姑娘，会梳头，
一梳梳到麦子熟，
麦子磨成面，
芝麻磨成油，
黄瓜爬上架，
茄子打滴溜。

趣话童谣

不同年龄段的孩子诵读童谣的意义不同，比如处在语言学习阶段的婴幼儿，诵读童谣可以让他们感受母语的韵律和节奏美感，积累词汇，提高语言能力。除此之外，多读童谣还能丰富孩子的想象力。

一个毽儿

一个毽儿，
踢两半儿；
打花鼓儿，
绕花线儿；
里拐外拐，
八仙过海，
九十九个一百。

趣话童谣

踢毽子是儿童和青少年特别喜欢的一种健身活动，它不需要专门的场地，随时随地都可以玩，非常简便易行。毽子有鸡毛毽、皮毛毽、纸条毽、绒线毽等多种样式。踢毽子起源于汉代，至今已经有两千多年的历史。

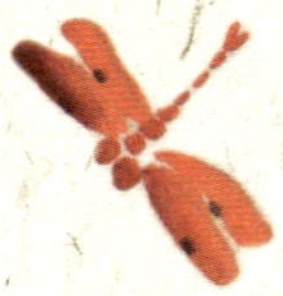

种莲子

种莲子，开荷花，

种瓜子，结大瓜。

不种籽儿，哪有它？

趣话童谣

这首童谣仿佛是大人在劳动的时候唱给孩子听的，蕴含生活中的哲理，看似浅显却又深刻。“种豆得豆，种瓜得瓜”恰恰阐明了“因”和“果”的关系。人类的智慧就在这口口相传的童谣中彰显出来。

虫虫飞

虫虫、虫虫，飞，
飞到南山吃露水；
露水吃饱了，
回头就跑了。

趣话童谣

清晨时分，人们可以在路边的小草、树叶和农作物上看到露珠。露珠一般在夜间形成，日出以后，温度升高，露珠就蒸发消失了。露珠对农作物很有好处，它像雨一样，不仅能滋润土壤帮助植物生长，还能让田间的鸟儿和昆虫喝得饱饱的。

小鸭子

小鸭子，
一身黄，
扁扁嘴巴红脚掌。
嘎嘎嘎嘎高声唱，
一摇一摆下池塘。

趣话童谣

通过简短的童谣让孩子认识了小鸭子的外形特征，以及它走路时一摇一摆的姿态。童谣通常比较浅显易懂，并且句子大多都是有韵脚的，读起来朗朗上口又便于孩子记忆。通过这种形式教会孩子认知事物，是个不错的方法。

梦

小月亮，
像小船。
月亮姐姐笑得甜，
叫我香香睡一觉，
我到梦乡去游玩。

趣话童谣

每个人都会做梦。如果小孩子在白天玩得太兴奋了，或者生气了，晚上睡觉时就容易做梦，所以，很多妈妈在睡前都会给孩子讲故事，或哼唱歌谣，让孩子的情绪平静下来，这样就不容易做噩梦啦。

蝴蝶儿

蒲公英，
落东岭，
蝴蝶蝴蝶也随停。
蝴蝶随着蒲公英，
好像姐妹伴客行。

趣话童谣

童谣中的句子，通常是浅白、简练又节奏明朗的。这样的句子便于儿童理解其中的意思，欣赏其中的意境。想让孩子学到生动优美的句子，提高语言表达能力，就多为他们读一读童谣吧。

数蛤蟆

一只蛤蟆一张嘴，
两只眼睛四条腿，
扑通一声跳下水。
两只蛤蟆两张嘴，
四只眼睛八条腿。
扑通扑通跳下水。

趣话童谣

童谣通常是由一代代人口耳相传的，其形式往往非常简短，音节和谐。诵读这首童谣的时候，家长和老师可以用提问的形式和孩子互动，这样不仅可以使孩子对数字敏感，还能把乘法概念用简单有趣的形式讲给孩子听。

落叶

秋风吹，
树叶摇，
红叶黄叶往下掉。
红树叶，
黄树叶，
片片飞来像蝴蝶。

趣话童谣

春去秋来是这个世界永恒不变的定律。在我国北方，一到秋天几乎所有的树叶都会变黄变红，这是因为树叶中的叶绿素被分解掉，只剩下了叶黄素和叶红素的缘故。古人有诗云：“霜叶红于二月花”，就是对秋天树叶的赞美。

咩咩羊

咩咩羊，
翻城墙，
城墙高，
四脚跳。
城墙矮，
尾巴摆。

趣话童谣

和孩子一起唱这首童谣的时候，可以引导他们加入肢体语言。唱到“城墙高”时，可以把手举过头顶，做出高的样子。唱到“城墙矮”时，可以把手放到膝盖，做出矮的样子。这样不仅可以让孩子了解高和矮的概念，还能锻炼身体。

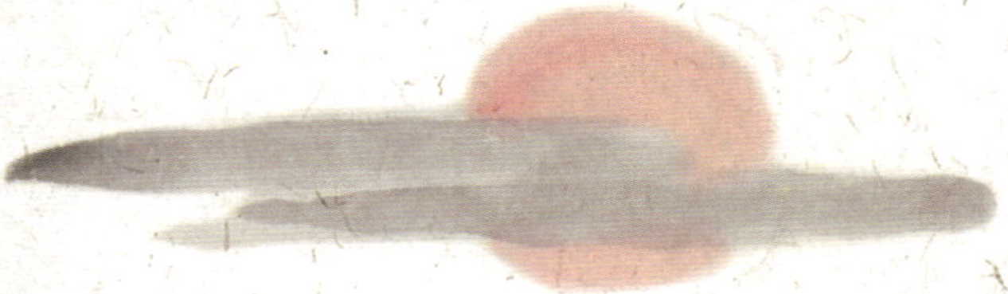

五 月 五

五月五，是端阳。

门插艾，香满堂。

吃粽子，蘸白糖。

龙舟下水喜洋洋。

趣话童谣

端午节（也称端阳节）是中国的传统节日。这一天人们会插艾蒿、挂菖蒲、喝雄黄酒、吃粽子、龙舟竞渡，还要拴五彩线除“五毒”。由于民族和地域差异，不同地区的人过端午节的方式也有所不同。但大部分人在这天都会吃粽子。你喜欢吃甜粽子还是咸粽子呢？

小板凳

小板凳，你别歪，
让我爷爷坐下来，
我替爷爷捶捶背，
爷爷叫我乖宝贝。

趣话童谣

中华民族是一个十分看重孝道的民族，在汉文化中认为孝是道德的根本，一切教化都由此产生。是父母给了我们无限的爱和生命，父母的父母我们也要爱，从孩子牙牙学语时就给他们灌输“孝”的思想，这是对“爱”的一种传承和发扬。

高高山上一头牛

高高山上一头牛，

两个犄角一个头；

四个蹄子分八瓣，

尾巴长在身后头。

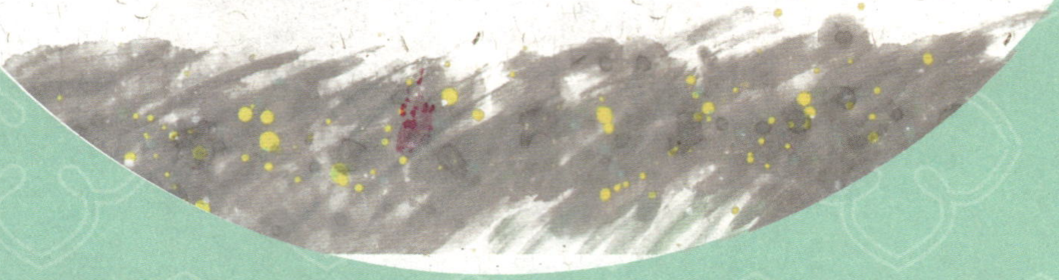

趣话童谣

这首童谣生动描绘了牛的体貌特征，牛在中国古代主要用来耕地和拉车，因此也被视为勤劳的象征。在和孩子一起唱这首童谣的时候，如果能配合肢体语言，比如把手指放在头上当犄角，跺一跺脚，扭一扭屁股等，都会让孩子哈哈大笑，生动地了解和体会生命的形式、生活的乐趣。

老鼠娶亲

嘟嘟哇，嘟嘟哇，老鼠娶亲来到了。
八个老鼠抬花轿，四个老鼠放鞭炮，
两个老鼠吹鼓手，嘟嘟哇哇真热闹。
老鼠嫂子去送亲，耗子大娘迎花轿，
老猫闻听来贺喜，一口一个都吃掉。

趣话童谣

有首民谣是这样唱的：“初一早，初二早，初三睡到饱”，汉族民间传说初三晚上是“老鼠娶亲”的日子，所以一般人家都早早熄灯睡觉，以免搅扰了鼠辈！所以到了初三这天便可以安睡迟起，好好调理调理身体，养足精神，以备新年里精神抖擞。

公鸡

一朵芙蓉头上戴，
彩衣不用剪刀裁，
虽然不是英雄汉，
叫得千门万户开。

趣话童谣

在中国，人们把公鸡视为吉祥的象征，在一些民间艺术品中也常见公鸡的形象。公鸡的头顶上有着硕大红艳的鸡冠，“冠”取“官”的谐音，也就有了腾达的意思。因为公鸡具有英勇、顽强、好斗的性格，也被法国人当作国鸟。

雪娃娃

门口有个雪娃娃，
张着嘴巴不说话。
我拿红果去喂它，
叫它不要想妈妈。

趣话童谣

小时候，在门前堆雪人的快乐是不是让人很怀念？孩子的内心柔软纯净，对孩子来说，这个世界是那么新奇，他们的一言一行也都在模仿大人。如果孩子得到了足够的关爱，那么他们也会用这样的方式去温暖别人。

小耗子

小耗子，

上灯台，

偷油吃，

下不来，

“吱儿吱儿”叫奶奶。

奶奶不肯来，

叽里咕噜滚下来。

趣话童谣

耗子是老鼠的俗称，是一种特别聪明又多疑的小动物。儿童口中传唱的童谣，往往带有浓厚的地方特色。人们常用“胆小如鼠”来形容人胆子小，这首童谣里的小老鼠却为了吃铤而走险，可见，老鼠有时还是挺勇敢的。

娃娃睡

娃娃睡，

盖花被，

娃娃醒，

吃油饼，

娃娃不睡挨棒槌。

趣话童谣

这是一首摇篮歌，摇篮歌在古时又称为抚儿歌，通常由妈妈或亲人轻声诵读或吟唱，哄孩子入眠。那温柔悠扬的声调、有节奏的摇晃、静谧温馨的氛围和歌中富有童趣的情节，是我们很多人小时候最甜蜜的记忆。

三个和尚

一个和尚挑水喝，
两个和尚抬水喝，
三个和尚没水喝。

趣话童谣

大家对这首童谣一定非常熟悉吧？因为《三个和尚》的故事不仅被改编成了动画片，还被编写成图画书，几乎人人都看过。三个和尚之所以“没水喝”，是因为三个和尚不负责任，互相推诿。小小的童谣，也能讲述大大的道理。

不倒翁

说你呆，你真呆，
胡子一大把，
样子像小孩。
说你呆，你不呆，
把你推一推，
你又歪一歪，
要你睡下去，
你又站起来。

趣话童谣

听上去很像个谜语，对不对？没错，说的就是不倒翁。不倒翁是一种古老的中国儿童玩具，这一玩具出现以后，人们根据它扳倒后能马上自动直立起来的特点，来讽刺那些巧于保持自己地位和靠耍弄权术而经久不倒的人。

小白兔

小白兔，白又白，
两只耳朵竖起来，
爱吃萝卜爱吃菜，
蹦蹦跳跳真可爱。

趣话童谣

兔子的尾巴短而且毛茸茸的，团起来像一个球，跑起来非常非常可爱。但是，如果按照童谣中说的，只给兔子喂蔬菜的话是不行的，因为蔬菜中含水量太大，容易让兔子腹泻，应当以牧草和兔粮作为兔子的主食，萝卜和青菜一天吃一两次即可。

十二月花

正月梅花香又香，二月兰花盆里装，
三月桃花红千里，四月蔷薇靠短墙，
五月石榴红似火，六月荷花满池塘，
七月栀花头上戴，八月丹桂满枝香，
九月菊花初开放，十月芙蓉正上妆，
十一月水仙案上供，十二月蜡梅雪里香。

趣话童谣

《十二月花》以清新优美的语言，描绘了十二种在不同的月份开放的花朵。对孩子理解月份、季节，以及各种花的名字和开放时间都非常有帮助。唱这首童谣的时候，还可以让孩子根据自己和家人的生日月份去找出相对应的花。

小蝌蚪

小蝌蚪，
水里游，
细细的尾巴，
大大的头。

趣话童谣

青蛙和蟾蜍的幼体都叫蝌蚪。通常情况下，蟾蜍的蝌蚪比较密集成群，青蛙的蝌蚪大都是分散的。小蝌蚪可以吃很多种食物，大米饭粒、鱼食来者不拒，但最好不要轻易尝试饲养蝌蚪，试想，等它们长成一大群嗷嗷待哺的小青蛙，你得捉多少虫子才能喂饱它们呀！

五指歌

一二三四五，
上山打老虎。
老虎打不到，
打到小松鼠。
松鼠有几只，
让我数一数。
数来又数去，
一二三四五。

趣话童谣

这首《五指歌》是通过数手指的游戏，来教孩子学习一到五的自然数列。孩子们最熟悉的就是自己的肢体，通过数手指来学习数数，这种方法是最简便有趣不过的了。数数歌的特点是：变数字为形象，化抽象为具体。

扫一扫

快来听听董乐阿姨和

十七个中国娃的朗诵吧

诵读童声：常皓翔　张　朕　钱玗霖　肖雨杭

赵梓辰　许诗棋　江长骏　程垚霖

韩雨辰　鄗家煜　汤　悦　李一诺

马　锐　张果果　刘昭宁　张　早

管伊伊（排名不分先后）